大雅
为一种品格注脚

大雅诗丛

花　台

谢笠知　著

HUATAI

广西人民出版社

目　录

辑一：闪电

003　九华山后山之花台
004　冬天的一个下午
005　北方
006　蝉鸣
007　深夜
008　巷子尽头
009　“下午将尽，天还很亮……”
010　湖
011　七四八年，王维居辋川
012　测度
014　与数友人坐湖边
015　初秋
016　一间屋子
017　柏望山
020　樱花
021　雨

022　过冬
023　清晨，路过一棵怒放的玉兰
024　秋虫
026　月亮
027　冬夜
028　月季
029　连翘
030　山楂花
032　闪电
035　冬天
036　梦
037　腊月

辑二：冬天协奏曲

041　一朵白云
044　“你站在山坡……”
045　“然后，月亮烧起来……”
046　四月
047　草原十四行
048　年末
049　黑夜小令
050　短歌
053　瀑布
054　自言自语的卡米尔·克洛岱尔
059　晨光
060　大海的练习

065 过往之躯
067 庭院
068 雪
073 珍珠
074 涂鸦
075 冬天协奏曲
078 柿子
079 感官人生
081 站在草坡边上
082 深渊

辑三：柳氏

087 山顶
089 海中少年
092 送嫁
097 村子
098 阁楼
099 相亲
101 黄昏
103 二十年前
105 惠莲
110 除夕夜
113 柳氏

123 附录：译诗选

154 后记

辑一：闪电

九华山后山之花台

是尽头、断崖，
是云雾变幻的深渊。
好几次，靠近它的边缘
都感到过于疯狂。

难道不是花？升腾，绽放，
用最柔润的手指挽留你。
为了迅速地消散——
哦，虚无之境，是诱惑也是拒绝！

2006 年 7 月

冬天的一个下午

出南校门，下午正两点。
没有风，落光叶子的树站在两边。
公路比以往干净，看得见柔和的反光。
花圃的心里长着月季平静的皱纹
和矮种万年青。
它们在我旁边，在我的问题之外。
我匆匆行走，有那么一会，我停下来，
几乎在一瞬间，我感到它们，
连同后面一堵没拆完的墙，三角形草坪
一只绿色飞虫和浮在它们上面的清晰优美的树影
全都呼啸着森林般巨大的宁静。

2002 年 12 月

北　方

想你是我的日常：
雨落在鼻尖，
丁香微露，
猛然间，手两侧充满昔日之光。

这些音乐，是我们的
夏天，阴影在睫毛间
移动。灰尘炙热，
被风送往高处——日复一日。

我们抱秘密：春天轰然倒下，
仿佛被剑劈开。路纠缠我。

傍晚有风，走着时你那么亲近，
仿佛正在身旁耳语，仿佛空气不断地
轻下去——思念使它微微荡起。

2006 年 4 月

蝉　鸣

熄灭又燃起的风。
这黑色的渴
像泉突然涌出。
金手帕。
果实一层层爆裂。
哦，是痛苦企图照耀——

在同一个高度，
不上升，不下旋
没前奏和余音，
这横空而来的权力与炙热的
并肩飞翔：
天空、爱、词语。

丧失是突然的。
唱吧——
唱吧——
你的重量跟随我。

2006 年 8 月

深　夜

火车鸣着汽笛，
震颤整个平原。
梧桐树没有停止喧闹。
风推开谁家的门，
把鸟儿唤醒。
小孩在梦里嘟嘟囔囔，
好像在叫一个人的名字。
——生活宽广的声音
夺窗而入，
止住你的泪水。

2001 年 8 月 2 日

巷子尽头

大片大片的时间
像肥沃的黑土，
慷慨地让忧伤的根芽生长。
这么长久的痛苦，一场梦
你无法解脱。
可这是春天啊。
我抬起身子，
听见窗外的鸟大声地唱，
仿佛阳光
在这个早晨突然醒来。

2001 年 9 月

“下午将尽，天还很亮……”

下午将尽，天还很亮。
没愿望，但还是决定出去走走。
巷子真静，石榴花探出墙头，
邻居的篱笆爬满了青藤。

而大街挤死了，正下班呢。
穿红衬衫的女人摇摆白裙子，
把夏天当作一生的盛事。
不知从哪飘来肥皂泡的清香。

大叶杨长长的影子，一筐草莓，
熟肉铺亮起了灯，刨冰店忙着摆桌椅。
交叠着远去，那些自行车的剪影。
恍惚间，夜色覆盖了辽阔的平原。

多么奇妙啊！事情会是另一种样子，
倘若你早一点明白：
再长的白天也会慢慢消逝。

2001 年 8 月

湖

风步步逼近，踩飞了鸟。
柳树在岸上狂奔，
又突然停下
——在连续不断的悲痛的间歇
倾听——
　　　　叶子在路边走动，波纹旋转。
　　　　鸟单声叫。
　　　　在脚下，太阳燃烧。
而石头，围着湖水
进入秋天无法抵达的区域。

2002 年 9 月

七四八年，王维居辋川

鸟声荡起，自深夜，
自你的记忆。
世界随它到黎明，
到恢宏的宁静的中心——

就这样，
你的路先于你。
尽管花从树上逃遁，
春天也消隐了
但你必然地
成为清冽之光的父亲。

还有什么痛苦不能呼唤你？
这古老、宁静的时辰
围绕着生长……
像薄而细的水杉木栅栏。
而你就是那只鸟，落在上面。

2006 年 5 月

测 度

一出门，突降的寒冷
像记耳光，像出色的拒绝。
我们赶紧躲进凌晨六点钟的汽车
沿护城河跑起来。
（昨天，河面浮起一具女尸）
而现在，沐着霞光，水面美得令人惊讶。
金柳枝低垂，法国梧桐的白身子挺立路旁：
一切陡然间变得清澈而安静，
日子重新升起。公路更宽更直，
承受新楼盘长而密集的阴影。
迎春花在高架桥两旁闪着
露水的反光，连广告牌上女人的笑容都变得
纯洁。到郊区，
空气几乎凝结，水晶般透亮。
树、花圃、石头：影子刻在草地上，
清晰界定自身的边缘。
池塘碧绿，狗尾草籽垂直
掉下，涟漪缓慢荡开。
而山扑过来，又退回去，一层层到最远的天边。
我屏住呼吸：世界怎么突然陷入

如此绝望而圣洁的场景——
梦幻，冷峻的疯狂，
强大地逼近。
我真怕了，
怕车会开着，开着，突然停下。

2006年9月

与数友人坐湖边

湖水涌动，无风的天空下
无数旋涡追逐着夜。
脚步轻踏睡着的鱼背。
城市的光增强，使岛中的树林更密、更幽暗了。

更暗的是那些石头，
在摇晃着前进的路上。
爬满了苔藓，雄心勃勃——
它是水的祖国，梦一样坚实！

我们都听到了夜的许诺：航行！
我们都曾握紧双手：自由！

但总有事物，不屈从也不抵制，
像某词语站在
某悬崖，等待黎明一点点把它擦亮。

2006 年 6 月

初　秋

你坐在自己的影子上看远处，
我躺在你脚边。
还算温暖，树和草坪。
群鸟飞往绿荫下的院子。
我看不见别的，
除了你的侧影贴在紫色天空
一朵靛蓝的云落在你手里。

傍晚，风变冷。
隔夜雨湿透我半个身子。
在身子下面，草朝另一个方向衰竭。
我们微笑，
然后，看见四周的树，
扭着，扑向一边，又直起身子，
却没发出任何声音。

2002 年 12 月

一间屋子

——给疏影

许多次，我惊讶于这间屋子的昏暗
如此稠密、光滑，长着羽毛。
柔软的宁静沿花壁纸蠕动。
——最后的拆迁之地，在高楼的棱角和噪音之间，
在冷漠的反光里缩小、缩小，
直到潜入深深的水底。我们喝咖啡
度过一个下午，或者让几张碟片拽到凌晨六点。
身边互相缠绕的水草
——书、音乐、靠枕和灯
——恣意生长、生长。
而阳光从斜挂的窗帘缝里射进来，只够着阳台的一半。
——漫长的黄昏还是早晨？
我们是身份不明的时间
——我们得到爱和灰尘。
当你在这里转动、抽烟、嘟嘟囔囔。
空气在你周围，像一棵树，
无声倒下或者迎风歌唱。

2002 年 11 月

柏望山

1

你有一对朝相反方向
扇动的翅膀。向上的那只洁白，
如天使驾驭光线，或者直接冲向一声呼叫的

尽头。另一只则悠缓从容地
潜入大地，拥抱所遇之物——
街道、人群、狗，还有孩子的哭泣。

2

你不会理解一粒尘土的燃烧。
它太小，只能在你巨大影子的皱纹里
砌柴堆。它会变得更小，

但它会紧抱一个比一个
滚烫的自己，在深夜，
在你慢慢转过身去的时候。

3

有时候，
你是一所房子
和它的心跳，囚禁我，
用步步紧逼的
痛苦和忧愁追赶我。
但有时，突然地，
你创造出几十万个
芬芳四溢的花园，
疼爱我。

4

我们在一起，
不是选择，约定，
不是一朵花偶然地
开在这个山谷的歌声里。
不是。我们没有
走向彼此，没有互相召唤。
我们隐秘的
小径不通往世界，
我们的果实
不抓紧土地。我们在一起，
仅仅是这样：

作为同一个瞬间
我们是黑夜
剩余的部分，作为
同一个身体，我们是
我们近乎残忍地渴望着的
那场风暴。

樱　花

1

我的身体是
一个惊愕的吻

在单纯而绝对的歌声中。

2

当我从我的美脱身，
裸着
等待：
　　一种更朴素的宁静将会
宽恕我。

2009年4月

雨

靠一次次回首，
使河流汹涌，花朵开放。
使天空谦卑，弯下腰，
把一条条路递到我们的脚心。
还有什么在你的触及之外？
夏天掠过，在你内部停留、成熟。
在梦里，随平原，随群山流淌。
你的拥抱热烈，
但不使大地羞于背叛。
孤独的、受尽苦难的姐妹
请把歌声留给我，
因为它是起源，在时辰之上。

2006 年 5 月

过 冬

不出门，也能感到
寒冷在层层推进。
苦楝树残存的叶子抖动，
一种不知名的果子，极像黄花，
点缀着光秃秃的树杈。
对面两个小烟囱在红屋顶上拉着
影子，缓慢地移动——
呵，我的下午，我的一缕缕光线的波澜，
胜过一位朋友和几首诗的邀请。
几乎都这样，半个秋天和一个冬天就
这样坐着。听芭蕉在风中一点点枯下去，
城市的轰响穿过街巷，朝黄昏，夜，
不知疲倦地进发。它使偶尔的安宁像桂花香
扩散。而这安宁时刻，
又使一切——
像我一样坐下，以最悠长的方式度过。

2006年10月

清晨，路过一棵怒放的玉兰

这些子弹，
像遭到背叛的乳头，在自身中爆裂。

2012 年 4 月

秋　虫

它持久热烈的叫声让我
想到另一条路。

从绝望中绕回来，
它无畏、拼命地在黑暗中穿行。
像根针，在缝纫机上，
执着地跳动。

它有烟尘味，像草木堆里闪灭的
暗火，在厚土下、缝里，
挣扎着向外，明亮的舌头伸到
远处，更远处——
难以抑制的悲喜剧的微光，
一层层颓入土堆中。

但此刻，被它的声音拉长的风无比清妙。
让我们感觉体内自有旷野，
自有沁凉干燥的星光交织在头顶。

此刻，我们在彼此手中，变成和它一样的

小身体，变成声音本身，
缠着飞，随着翅膀的颤动。

这声音携带的一切，
在白昼中变老了，而那回音，
那颤动，仍会直立着从地里涌出来，
像无端的一阵火焰的蓬勃。

2012 年 9 月

月　亮

嘴角翘起来沉思，
金黄的身体
斜坠着，仿佛即将掉进湛蓝、
无边的虚空——
像茨维塔耶娃诗里
一个处于危险境地的词。

冬　夜

入夜，月照亮
深蓝天空。雪压迫高杈。
树挺立，墨枝
像勾连行书在天上。而月亮——
金逗号，嵌在中间。
池塘结薄冰，泛起暖色亚光烘小岛。

沉醉、清澈的力量再次
袭身。边走边细声交谈——
“会怎样？屏住呼吸呈现……”
“可是，在无尽的变幻中。”

2011 年 12 月

月　季

1

你，倾你所有，
服务于一种自由的幻觉——
要完满地打开自己，像所敞亮的房子。
这是你
被爱及被伤害的界限，
在光中，也在黑暗里。

2

你有多少种颜色，就有多少种死亡。
枣、石榴、南瓜花的
味道，日益浓烈。
而你，过往的、多彩的手，
从我体内伸出，
又纷纷向我告别。

连　翘

金黄色波浪一层层
涌出来，
像某种相遇中
最明亮的部分爆破了。

2010 年 4 月

山楂花

越过高栅栏，
枝杈交叠，挺起。
花儿细碎、大片地
涌现，如新雪，
如互相推送的
层层波浪。

这是你
从自身溢出的部分。
这奔跑的你，
沸腾的你，
激越得
仿佛刚从坟墓中来。

你听到她
大口大口喘息。
她吞咽的和吐出的
都是难以克制的
飞舞的蜂蝶。

在她的宴席里，
每一朵都与另一朵对饮，
都静默醉去，
反复旋转，
旋转。
而南风吹拂，
向前一步便是尘土。

2011 年 5 月

闪　电

1

要有乌云、饱含水的空气
和一个等待着的、咬紧牙关的时刻。
要缓慢推进、加速，然后
猛地在体内完成一声叫喊。
此时，伤口闪耀着，
被撕裂的天空，一次又一次死去。

2

你的意志是真相的意志，
要更深、更深去看见，
直到把世界变成明亮的深渊。
花睁大眼睛，
而蚂蚁把它们紧紧闭上。
真相：一块在头顶滚动的巨石，
被吞咽、消化。
之后，天空站起来，
浑身长满温柔、悲悯的手指。

3

在你力量的顶点，
可以一棍子把人打进土里，
也可以于瞬间让利剑穿透心脏。
这力量来自两片
轻盈、易逝的肉体。
当它们想快速、深深地进入彼此，
毁灭的强光握住它们。

4

你激烈于纯粹，
要和混沌作尖锐的对比。
像你这样的瞬间，
只能是时间的异端。
当时间作为堕落的一种形式，
你是从它身上叛逃的
一次深呼吸——
像朵洁白的昙花，
开在我窗前。

5

你是光的大暴动，

也是启示性的隐秘知识。
它们有承诺飞翔的出口
诱惑我。当我跪着，在黑暗中，
像个诺斯替教徒，
我感到我跨过了自己。
这情形就像流水顿悟
它的恐惧不可能被
任何物体抑制，于是，
不断向前，进入一种循环中。

2012 年 6 月 19 日

冬　天

每一种形状都有它的坚定性。

荒凉，
　　是各种形状的坚定性
　　从广阔、明亮的胸口裸露出来。

2014 年 1 月

梦

你和事物相处的方式很奇怪：
不仅看，你吃它们，然后轻巧地变成它们。
这样，事物之间的距离就是你和
自己的距离。或者说，
形态的多样性不是诱惑，距离的多样性才是。
那么多的你，在不同的位置围着你转。
每个你都是中心又不是——
无穷已使你涡轮一样呼啦啦旋转：
噢，没错，“有多宇宙，就有多野蛮”。反之也是？

2013 年 11 月

腊　月

朝向你写作，
　　是朝向绝对
　　和它携带的纯洁性。
　　只有硬的东西
　　活下来，
　　这不公平。
　　而最硬的是风，
　　一整块，一整块
　　移动，
　　像晃眼的
　　切阳光的玻璃。

朝向你写作，
　　是朝向清晰
　　和它携带的压迫性。
　　暴露骨头
　　及其内与外的
　　各形状。
　　每一形状都
　　经由爆炸，或说是

爆炸的瞬间。

而词，像冷空气，扎皮肤的细缝。

2013 年 12 月

辑二：　冬天协奏曲

一朵白云

早上，送孩子去幼儿园后
洗碗筷、擦地板、腌雪利鱼，
到午饭前，才得会儿空。
坐摇椅上看窗外：风实在太大了，
刮得刚冒芽的杨树
左右摇；玉兰含苞，提心吊胆地颤动着。
在一阵接一阵的呼啸声里，
纸片、枯叶、塑料袋和灰尘
沿各家院子起落飞舞。

我庆幸可以待在屋里，
和它们保持距离，
就像那稳定而明澈的阳光
在上方，在屋顶和蓝天深处。
白云被照透，从我窗前缓缓飘过。
约两分钟，每朵云出现、变幻，
然后从我视野里消失。这个过程，
有的改变形状，但没被吹散，
有的周围一圈被扯得
稀松凌乱，有的整个四分五散，

被撕成一缕缕，飞过去。但有一朵云，
始终保持完整。它从左边天空靠近，
极缓慢地向前移动。那时，
没有其他云，只有碧蓝的天映着它：
像一头鲸，大而白的身躯，
闪亮、年轻，头和腹部下方
有浅灰色阴影。分叉的尾高翘着，
线条清晰优美。它全身蓬松，
但边收得很紧，仔细看，才能分辨出
毛茸茸的线头般的小分叉。几乎看不出
它在动。它从容、谨慎，
抵抗着四面八方的撕扯。
它抓紧自己：这轻逸的偶然的形体。
——似乎是一种趋于极限的爱
灌注虚空，长出血肉。
六分钟光景，它驶出一米五的航程。
但它继续在我脑海里，
在癫狂与混乱之上游弋着，
淡定而优雅。

它只伴我度过短暂的
闲空，然后是忙碌的一整个下午。
直到晚上，我拾完家务，
哄孩子睡着后，
躺在黑暗中，眼前又浮现那朵白云。
在静而暖的房间，

它一动不动，仍然优美、淡定。
我久久看着它，想到此刻它早已消散，
了无踪迹，我突然感到应该是
蓝天后面绝对的黑暗，
这空无，是渗透在它每一根
棉丝般纤细的神经里
那激烈的恐惧，让它抓紧自己，
保持完整；让它充满力量，越过狂风。
这么想着时，我疲乏、
放松的身体又紧绷起来。
于是，我闭上眼，
想让自己休息。
但感觉它仍在，并无声地飘到
我的头上方，像一盏被熄灭的灯，
悬着，等待着……

“你站在山坡……”

你站在山坡，样子像十七岁，
轻声说：爱呀，是竹林里飞窜的蛇影。
你更喜欢成熟的果实、稻谷的芳香，
它们像一个吻，有饱满的形状。
你赞美：云的呼声让山巅的阳光久久震颤。
后来，你那么难过，说如果我不爱你，
你要像一场暴雨刮过天空。
我知道再没有泪水会把你
举得那么高——
再没有隔开我们的比这更非凡
更坚定的空间。

2006 年 5 月，2011 年 7 月改

“然后，月亮烧起来……”

然后，月亮烧起来。
冰在远处的河中滑，
隐约传来轰隆声。

我们躺着，门窗紧闭。
黑暗中，阴影彼此呼应，
像蒲公英飞了
——这飘逸的幸福的闪电，

那么简单，又那么深奥。
许多年后，我还抓在手心不放。

2006 年 6 月，2011 年 7 月改

四　月

正如你说的，没有更好的时光了。
日子不再咬着彼此。
新种的柳树顶着乱蓬蓬的头发。
湖水也一点点涨满，淹没水中的石块。

那些黄昏，彩霞照亮我们的指尖。
在一群群大雁飞过的高空下面，
松球坠落，草地延伸。
我们相约出发，穿过隐秘的边界。

一路上，蔷薇花攀援黑栅栏。
路灯如挺拔的花蕊。还有叫卖声
和灰暗的水的气味在远处飘忽升腾。
轻轻地，你的吻搂着我的头发。

朝着同一个方向，我们越走越远，
直到河水分叉，直到正落入山后的太阳
一点点拉弯我们的视线。
而我们呼唤着彼此，没有终点。

2003 年 6 月

草原十四行

我跟在你身后飞驰，直到树林尽头。
在那儿，我们的马慢悠悠并行，穿过黄昏的荞麦地。
仿佛在一瞬间，世界退下，草原寂静。
新翻的泥土伸展，把香气儿推送到远处村庄。

我们赶马上山，
风带着刺儿围拢，吹倒满山蒿叶。
——黄的浪在我们脚下呼啦啦掀起，
它们背上的光猛地照亮山坡。

拉着缰绳从山脊走过，我惊喜得
恨不得同时把眼睛转向辽阔的地平线上的每一点。
天空诱惑着群山和我的目光步步向前。

你坐在马头旁唱歌，前面腊梅开放，
太阳落入西边的云层。然后我们上马奔跑，
那些时刻啊，像晦暗的花瓣纷纷降落，在我们周围。

2003 年 10 月 20 日

年　末

没注意天就黑，
开门，迎面呼腾腾
一阵乱舞。地上，
雪光映着雪，
明晃晃的，催人泪紧。
走着时，寒气一片一片
削过脖子。
忙拉衣，突然想起，
你爱的人，你的灯，
这场雪是否也下到他的光
种植的地方？

2003 年 2 月

黑夜小令

终于，我们找到了栖身之所，
　　以石当卧，以树为蔽，
　　　　旋转着，池塘在脚下愈满愈涨。

也许我们更该喜而自禁，
　　当阴影踮起脚尖窥视，
　　　　当丁香花把我们囚于四月的中途。

布谷鸟的叫声，在远处，
　　在川流时日的辽阔混乱中，
　　　　被繁殖，禁闭。

还会有更宽的夜，
　　容万物辗转，容已诞生和未诞生的
　　　　随词语沉落。

而此刻，我们手拉手，
　　散步在荷花池边。一坐下呀，
　　　　就看见天上飞驰的月亮。

2003 年 4 月 20 日

短　歌

1

这么多年，你终于知道
绽放即热爱。把纯洁举往高处，
你才理解为什么
花朵和天空要互相赞美。

2

它的完成是个秘密：
当话语的蜜蜂飞翔着，
像甜蜜的风暴，将我们之间的
空间一次又一次地更新。

3

确实，你曾惊讶于
你起飞的一瞬，像春天
猛地向一个目光倾斜，
并释放出激越的芳香。

4

你仍然相信有扇门
一旦打开，群山就会奔腾而至。
这不是意象，而是创造
赋予的某种生活。

5

一切都在流动，
但你是我的中心。
这意味着，我被打开时，
是一朵白云正裹着另一朵。

6

它们用强烈的线条
临摹你的身体：
雷阵雨往小巷倾泻，
平原在爱的时刻微微震颤。

7

与风暴相关的也与
你我相关，或者说

盛大的倾诉与命运的突然显现相关。
这样，痛苦安于它的限度。

2009 年 3 月

瀑　布

每到夏天，你眼噙一座悬崖，
想想竟十年了。
记忆中，悬崖也是耸立的瀑布。
——很多阴影都是这么垂直消逝的。
之后，你心中绿叶起伏如
反复爱恨的山谷。
而往事，说如烟无非是
多缥缈啊，当你把我抱起——

到处是泥泞的闪电的触须，
到处是雀声欢腾如乳房，
到处是灰蓝色荡漾里的一层层交缠与告别。

2013 年 7 月

自言自语的卡米尔·克洛岱尔

1

在巴黎，黑夜把我们举得高高的。
风停止喧嚣，灯暗下去了，
雪白的石膏灰瀑布般从我们
身边坠落——
永远是未完成。
我扭身，头发呀，像塞纳河水
涌入你的手掌。
你知道
我是个非凡的女人！

闭上眼睛吧，
双手更能记忆
从颧骨到脚趾头的弯曲度。
今夜，我要以什么样的姿势——
黎明的颤抖，
丁香花，
还是激情的侧面？
而你，

一颗茫然、刚毅的头像——
我发现了
三十五年后的你。
我陷入深深的痛苦。
我将消逝。
谁会在乎人们的议论：
“嘿，她具有男人的才华！”

2

冰冷的天赋，黑斗篷，
穿上它，你走过大街小巷。
而我不在乎世界，
不在乎有多少甜蜜和悲痛的时刻
已成形。
我只要你，
完全地，永远地。
我跟在你身后，
毫无预料，
但已处身烈火。
对，一朵火焰，
你把它搂紧，并融进
迅速燃烧的大理石
光洁的旋律之中。

这是我的方式——

让你一次次地面对
我死亡的光芒。

3

终于成灰烬，
终于进入彻底的黑暗。
我用最后的力气
封死窗户。
现在，我得控制寂静，
得驯服角落里
愤怒的土。
我急切地寻找自己，
用比你更残忍的方式。
整日整夜，
我的手劳动、祈祷、
抗争和接受。

痛苦使我更骄傲。
然而，多漫长的折磨啊，
几年里，
我变成最缄默的石头。
我身体浮肿，嘴唇坚硬。
我的作品，
某一天，我突然发现
它们和我一样：

丑、黯淡、充满仇恨的气息。
我的绝望胁迫着艺术，
它报复了我。
我拿起斧子。
我回到了
和你相遇的致命时刻。

4

你已走上更辉煌的舞台，
剩下我，独自完成
这出戏剧。
整个后半生
我呼唤你，责备你，
亲吻你，诅咒你。
我仍是一锅开水，
在被人遗忘的
角落里沸腾。
这些滚烫的词日日夜夜烧
我的嘴唇。
或许它们将像树叶的沙沙声
消逝，
或许它们将汇聚，
向着你最后的时光，
围绕你。
使你想起那个在巴黎的

小小妻子。
想起触摸、争吵，
小便签里的吻。
想到命运怎样恩赐她、
折磨她、成就她，
又摧毁她。
那时，你的心依然会说：
她有惊人的美，
她的美里
有让人畏惧的
无限纯洁的力量。

2006年8月

晨 光

他站在庭院，向东
敞开怀抱，仿佛每一缕晨光都是他的新娘。

而夜里，文字的藤蔓
搂紧他的身体，朝下的力量让他感觉向着晨光俯冲。

2012 年 4 月

大海的练习

1

从高处看，你是一滴水，悬于笔端，
朝未来，孕育风暴。

2

她一路奔来，把哭喊声还给你，
因为她的痛楚不鲜艳，
她体内的群山一味地忍着，不崩溃。

3

每一个波浪，来自
你的每一个孤独，像玉兰花的小舢板，冲出去。
这样，你就把无限个你倾空了，又注满了。
你和你的无限玩跷跷板，
而她在岸上，使劲把身子往沙滩靠了靠。

4

有时候，她觉得你邪，
而且抽象得让人恐慌。
那么敏感，随时准备着去亲密或者去战斗。
深浅得太容易了，平静和癫狂也是。
但你平静时多迷人呀——
像无数、无数的吻拉着手唱歌。

5

你更属于
她视力够不着的那部分。
在另一个弧面
闪耀，动荡，被矛盾的激情裹着，伤害着。
当她在旁边走、听，想象并探询，
你和你的波浪，都谨慎地，
不碰到她。

6

她想坐得更深，深入一粒沙的
内部，比它更小、更裸
也更坚定——
没什么可被剥夺的了，除了

不断变换的生死欲望：
这一阵紧似一阵鞭打她的白海浪。

7

风、引力、
带卷刃的歌。
它们诱惑你把各个器官摔碎。

8

坐在缆车上，
海平线远而清晰。海鸥一只只飞来。
她很恍惚，想到这些年，
像在砾石堆中走，
又像从空中滑过去。
所以当另一个女人提到绳子两端，
她的眼睛立刻就朦胧了。

9

为什么她突然想到那是
庞大的身体被凌迟？
——数不清的刀片，冲向肌肤，
向上推出一个完美的弧。
露出卷刃，间或，还有肉里的一点点白。

为什么她听不见声音，只有肺腑间可怕的寂静？

10

轻盈、无私的
浪尖的小小人，
她想把你养在手心。
她想看一种透明、无核的善
如何爱，如何闪光。
但你逃走了，轻盈、急迫、
淡漠地逃走了。

11

她怀里的山、树、沙丘还有草地，
被你推着，摇着，
虚幻起来……

12

你的动
唤她的静，
像波浪和月光在一个房间里。
或，你造声音的各式亭子
在水面蜿蜒。她挺身，
用每个部位

眺望。

13

水中央，你双腿环抱那座岛，
又把头靠在她肩上。
她左手搂你脖子，脸贴在你额头。
周围：从山边、沙岸以及天之外
涌来一层层金色、柔情蜜意地将彼此
黏在舌头上的细浪。

2012 年 8 月

过往之躯

它是一匹光，是骑光旅行的水波，
无限地靠近你的海面。
它是深究中某物的爆炸，
也是你突然转身时
展现出的无法描绘的旷野。

它是凌晨的一连串啼鸣，
穿过花枝和纱帘，亲吻你。
它是深夜性感的脊背，
在想念中发出温暖的微光。

它是你亲手种的满院子月季，
喜凝神，倾听。
有浩大震动涌至脚心，就绽放——
你看，那痛苦的回声里最妖娆的。

它还是这庸常的形式下
汩汩流动的，经年的沉默。

是爱着，承受着——
是群山僻静的失眠：向着无风的一侧。

2012 年 8 月 20 日

庭　院

台阶往右，穿进
阴影的大摆裙，
玉兰树旁，黄昏的苹果在
摇晃，石榴守在墙角，
还有蔷薇花互相缠绕着攀爬木栅栏……

多好啊，当大雨倾注庭院，
满架的葡萄藤覆盖露台，
它们会用一个新名字接住我，
仿佛我正经历一场向着光亮的小小死亡。

2011 年 6 月

雪

1

腌好黄花鱼，
雪忽然大了。

一抬头，
奔于锐物的心
就陡然停下。

好一阵空茫。

院子里，
喜鹊已飞，
柿子孤零零挂着。

凛冽的时辰，
朝一端塌下去。
而雪扑上来，
堆到甬道、葡萄架
和没来得及种上树的深坑里。

2

从厨房望出去，
对面屋顶的葫芦瓜在雪中
闪耀烟青色。

四五条老丝瓜
挂屋檐上，直愣愣的，
四周爬绕些枯藤。

没人出门，只有阳光
在它们中穿梭——
整个冬天都这样。

我爱这安静
和安静中沸腾之物：
楼梯间的灰尘
歌声、
米浆的倾诉、
餐具的碰撞、
手指儿。

我爱这光，也爱
这光中日常的失败。

3

当我坐在餐桌边，
我是一个被寂静宠爱的人。

因为恰当的停顿——
水不再哗哗流，高压锅
不再喷突。干净的青菜盛在白瓷碗里，
切好的胡萝卜安静地
躺在蓝花盘。

各类餐具：锅、盆、保温杯、
电水壶……它们的影子
在石英石台面上
温柔地闪光。

因为等待，
因为一场雪。

当我坐在餐桌边，
所有脱离我手指的事物
回头看我，
并用微亚的光抱紧我。

4

我拖着一篮子莴笋和白菜
走出早市，着魔了般，
一步一回头。我在看
早市和高速路之间的
隔离带。那是一片杨树林，
光秃秃的，没一片叶子。
林下的新雪润洁鲜亮，
也没脚印，平整得几乎
看不出有任何起伏。
阳光从东边打过来，
戳进雪里，在雪的表面
溅起彩色的光晕。
这使得树干更黑更硬了。
在人群攒动的早市和
喧闹的高速路之间，
这林子没任何设防，
但它有自身的力量。
在它内部，林子和
雪地互相加强，
努力往不同的方向
纯粹着。这让人
不敢践踏，也不舍离开。
我一步一回头，那雪光

抓紧我的身体——
在冰凉的空气中，
我感到我所爱的
渐渐超过我所承受的。

2011 年 12 月

珍　珠

夏天，你瘦下去的身子，
让我心疼。你那么小，像一根纤嫩的茎。
眼睛纯洁得仿佛一切事物
可以拥抱你。茶花可以，香樟树可以，
趴儿狗、蓝喜鹊，甚至蛇都可以。
我多么想保护你，我的孩子，
当你在我怀中，像藤抽出的细芽，
我感到我是整个世界
和它的对抗者。可我并不胜任。
你的信赖，加深了我对自身的失望
——为什么我不总是柔和的风、海浪？
不总是欢笑的带小金鱼的池塘？
有时候，我也不明白
我做了什么，值得你这么爱我？
每天晚上，你翻身寻找，仿佛我的手
是会哼歌的花瓣，会发光的鸟巢，是你喜爱的
绿蟋蟀——然后，你在梦里，笑出声来。

2010 年 7 月

涂　鸦

只有你的手
才能画出这种景象——
倾斜的丝瓜架，
蓝的、黄的丝瓜，
在落向草地的途中
变成黑色；
而红鸟巢像火焰
燃烧在藤蔓中，
以及小鹿的脚印优雅得仿佛
刚刚从泉边回来。
我常常想，
在你奇特的命名中，
是不是含有世界自身的奥秘？
事物在你面前
惊讶地升起
并在光中变幻着，
它们是否都在
努力地寻找和你心灵
相称的表情，
唯一的，或者无限的？

2009 年 9 月

冬天协奏曲

总是下雪、发高烧、
打长途电话。总是失眠
或忍不住瞌睡，又不断醒来。
给儿子擦身，量体温，
测听一阵接一阵的咳嗽，
心急如焚。

总是宅家，
除了去幼儿园、医院
和早市。总是忙，
不停转身，恍惚，
不是忘这就是忘那，
灯啦，水龙头啦，
坐着的锅啦。

总是重复：调高或调低灶火，
切青菜、做米饭，
清洗之后又清洗。
总是喊，冲着
不断肇事的两个小脚丫，

满地的玩具，
冲着院子
或冒烟的烧焦的锅儿。

总是想念，南方和
被雪光焐着的
山里的村子。
想那傻叔叔，
一个人守荒村和乱坟，
躺床上，开着电视，
生病，打呼噜。
和死人照面。

总是猜测，他们
会在哪，那些打工、
经商、挖煤的表哥们
和打工、经商
或做妓女的表嫂们。
猜测他们今年的
境况：是挣了钱，
穿金戴银回老家过年，
还是没能挣钱，
躲在外面。

总是浮现一个情景：
在儿童医院的大门口，

寒风中，一位憔悴的母亲
坐在地上，怀里
搂着不知是睡着还是昏了的
干柴般的孩子。
母亲一动不动，
绝望得仿佛
死去多时，是她的尸体
守着孩子。

总是一样的冬天，
这脆亮的阳光和
平阔的安静。总是有
光秃的树端着鹊窝
蜇进平原深处。
总是在夜里
感到屡屡温暖，又忍不住
要哭。总是醒了，
等日子们从床侧
俯冲下来，抱紧我，
如宠爱，如磨难。

2012 年 11 月

柿　子

光秃秃的树上，悬挂
十二只被灯笼提着的狮子。

它们的吼声
照亮我们的庭院。

2013 年 12 月

感官人生

入睡前，想起一天里
爱过的东西：
庭院。云。
狂风旁掘地的背影。
樱桃花。
声调里拉着爱的
小喷泉。幼葱。
榴莲气味。桑葚染黑的
手指。金毛狗阿邦
追雏雀儿下坡。
密密麻麻的
紫薄荷芽。
高压锅。罐。忍受里
那股荒谬的力量。
儿子的城堡画。
木吧台。
洗碗槽上，
刘海猛地一甩。
凉拌穿心莲，
及其别称：一见喜，

斩蛇剑，
春莲秋柳。
笋烧五花肉。
晚上，暗涌房间，
读长调，周邦彦：
“骤惊春在眼……”
哦，云水涂香，
无一物不斑斓。
一天里，这么多
这么好。
哎呀，
感官即乐观？
谁跟谁，都面对面，
不暗想，不迷乱。

2013 年 8 月

站在草坡边上

我站在草坡边上。
五十米开外，在幼儿园外墙和雪松
之间，一棵白杨树
用光秃的枝丫说：
“我耗尽了身体，只剩下
焦哑的喉咙。”
我想到月亮——
一个冻结的喉咙
长眠在我体内。
我也想到对面院中
那只爱斯基摩犬，每到寂静
午夜，它狼一样的叫声
久久地低徊，
像冰川融水曲折穿过
浩渺雪原——
一个孤独的喉咙寻找它、跟随它，
从原始的黑暗到明亮的黑暗。

2013 年 11 月

深 渊

1

你倚着桌子，手指地面，
说："陀思妥耶夫斯基给人最大的震撼
是让你突然意识到你脚下正裂开一个深渊，
它追着直到你疯狂，直到你被哭泣的光碾碎……"

2

我靠窗坐，公交车驶过沸腾的空气，
玉兰树、桃树缀满花蕾，
樱花正盛，散发天堂的气息。
我没法动弹，感到山正从
头顶驶过，更远处的小山像柔润的乳房起伏、膨胀，
我不停想象这春天该怎样海啸般涌进
朋友的病房，在他等待死亡的这段时间……

3

公寓被暴雨刷着，我上到二楼，听见邻居家

重病的女主人，正冲着两岁大哭喊的孩子撕心裂肺地尖叫。
她丈夫，砸东西，逼她停下。她甩门，
跑进雨里，站在小区角落一棵刚抽芽的枇杷树下，直到深夜……

4

我拧灭灯，想看星星，而你说：
“还是面对自己吧。生活有多绝对，孤独就有多绝对。
当我还是年轻人，我在一个山坡不停地上下走，
想着这些问题，那时头顶的星空就像是永恒的发霉的深渊。”

2009 年 5 月

辑三：柳氏

山　顶

她每日登山，看湖景。
退休后，更时时厮磨于
岩泉树荫间。
众多关系，
她只信任与自然的——
天地间，身体内外，
生机里
抱恒久厌倦。

她或许想到：
被占有，就是被拯救。

“你看这湖和山，
总在这，又总不同。”
千年如此。
苏轼赞美过
这确定且丰富的美。

其实，她最崇慕
孤山上的林和靖——

一边热爱，一边弃绝。

忘我里
有对立的松涛。
这是没办法的事。
越过中年的万仞，
心境更幽深了。
只是不禁病。
每感冒，住院十天半个月。

在病房里，她常屏息，
仿佛置身山顶：
有阳光钻她羽毛，
揉小翅骨，风一波波，
没个够，吻她的喙、
胸和下腹。
当一大片云影
飞过湖边荷池，
向她奔来，
她就猛地抓紧了树枝——
那虚幻的焦墨。

2010 年 2 月，2012 年 6 月改

海中少年

一个高中生，在海中，
来回走，沉思。大海在他四周涌动，
闪烁。他知道
他被深不可测的力量包围。
这吞噬一切的
黑暗让他怕。
而后，又被它吸引、
裹挟，他开始漫长而孤独的
练习：试探地
缓缓蹲下去，当水漫过肩，
就伸双臂，青蛙一样
蹿出，划动手脚，
低头、昂头，翻着身体。
一遍又一遍，直到可以海豚般
快速游过海面。
他是被恐水症折磨的孩子。
在过去的十几个暑假里，只是看水。
在游泳池岸边绕着走，
看水。在池里抓住栏杆，
绕着走，看水。之后，

放开栏杆，绕着走，看水。
终于有一天，他扑向那幽蓝水面，
像石头砸进去，沉到水底。
他疯狂地一次次砸下去，
一次次向前冲。
他无数次想象在大海的怀里，
就像现在，
舒展四肢，眼望天空，体会着
来自深处的浮力——纯粹、自由、永恒。
他常游出很远，离开众人，
这使他不得不与更猛的
高处的潮水对抗。他奋力划，
换各种姿势，
细细体会恐惧，自由。它们像针
扎他身体的每个部位，
使它敏感，颤动。
他不知疲倦地，从早到晚
在海里冲，扑腾，朝向或
背着太阳。不停站起来，扑进去，
动作简单又狂热，
像一只进行秘密仪式的
动物。在辽阔的海天之间，
他的动作使一切安静下来，
使一切更深，更远。
他不倦的力量，似赞美或祈祷，
而不是企图摆脱某种掌控。

傍晚，月亮拽着潮水
升起来。他的身体
变成一个小黑点，
在闪银光的水面沉浮，
狂浪迎向他，举起他，
淹没他——
几乎要看不见了。
他游向沙滩时，暝色笼罩了
礁石和山峰。当他站起来，
像一次顺利的分娩，
整个白昼、海洋、
涌动的潮水，
顺着他的身体滑下去。
似乎发出巨大声响，
又似乎全然无声。

2012 年 9 月

送　嫁

从山海关到抚宁，嫩黄色阳光
在田地铺开。公路笔直，
新柳条绸缎般的反光
连成一片。摩托车轰鸣着，
村民们穿军大衣、戴红徽帽，
一队队从我们身边飞过。
四十分钟后，我们站在
弯子村的巷口，发现燕山支脉
远远地在周围绕个圈。
而天空，越过秃而陡峭的
山头，继续向前。

村子出奇静，偶尔传来
几声牛叫。一大片矮而黑的院墙。
碎麦梗散在墙角、树桩边
和通往田地的路上。
我们踩白霜，经过一个个木门、鸡笼、
柴堆。初春的寒气从脚下
刺腾腾向上奔窜。
风猛地吹来粪料和

新翻泥土的腥气。
更远的地方，
田野奔腾之处，
传来阳光渐渐增强的轰响。

院子似乎无限地
一座座连着。从土里直接
堆起土墙、土屋，矮且方正地
立在无遮拦的天空下。
我们走过
层叠的巷子，
找到院门上鲜亮的红喜字。
院子深处的砖房也
贴了红喜字。坐在里面的新娘
也是红彤彤的：
兴奋地转来转去的
红脸蛋；几层红衣裳；
微微鼓起的红肚子——
里面塞满了枣儿、花生、莲子；
炕上的衣服、棉被
也是红的：
一切都喜气、饱满、
暖烘烘。我们叽叽喳喳抢话，
猜测谁会是第二个新娘，
像大学寝室里的
闹腾。屋外，院子等着从墙边

小树林缓缓飞来的
鼓胀的红披肩。但此刻，
它冷、空荡荡：
窗台下一个大铁锅
敞开着，靠西墙一棵小白杨，
曾拴过倔强地把自己
绕死的小驴。东边墙角
堆着木料、斧头、推子
还有两把铁铲。似乎，
没什么需要道别，
它们，也没什么需要嘱托，
在深处，土荒凉而镇定。

一阵突然的喧闹，
迎亲的人群涌进来：
新郎抱起新娘走向
婚车，后面是笑声蒸腾的
送亲队伍。唢呐、笛子
领其他乐器卷着向上，向上。
鞭炮声不时地将其
切断，坠落，像飘荡着的彩带。
而车队撕开空气，
开往县城酒店。
那里，大厅一圈圈
围坐花花绿绿的新棉袄。
鱼群一样穿梭追逐的

孩子们。音箱里
震耳欲聋的歌声和主持人
声嘶力竭的叫喊。
父母亲坐台上，
在一对新人后面。
新娘父亲，村里的木匠，
努力纠正发音，
像用推子
费力地车着粗糙的木头，
克制、缓慢，
一个字一个字地说。
母亲歪斜身子，
紧张地默默坐着。
这一刻，只有这一刻，
泪水升腾起来，
天花板下灰蒙蒙的
热雾，飘浮的纸屑、彩带、
气球，在回望的目光中
呈现庄严的面孔。
但很快就滑入
更喧闹迷幻的部分。
敬酒，叫喊。
混浊、闷重的声调
拖拽着。尖声笑，起哄。
各种折腾。然后，
仿佛在一瞬间，

凄清的光线笼罩过来。
礼台寂静、空荡。
大厅杯盘狼藉，
满地的纸屑。弯腰，告别，
——告别——
一种湍急的节奏，
有力地推送。当出租车掉头，
开到马路对面，
我们看到那对新人，
在高高的气球拱门下挥手。
他们后面的楼、树抵住
夕照的悬崖。很快，
汹涌、庸常的黑暗将
高高腾起。红壤坡，
一垄垄整齐的新翻泥土
起伏到地平线。
平原斜着
裸身，像冲浪者那样穿过
逐渐弯曲的黑暗。
而我们也将
坐在飞驰的火车上，等待，
等待黑浪慢慢收拢的
无声的紧握。

2004 年 11 月，2012 年改

村　子

季节在芒萁草上变化
连同奔流的山涧。
春天随梅雨停下，
冬天来临。

雾横跨整个区域，
群山沉落。
绿翅鹎在阴天鸣叫：
“di—bi，di—bi—bu—”

圆胖的獾
藏进秘洞。
锥栗果落尽。
牙獐从溪旁跑开。

踏过雪地
把番薯捡进竹筐。
灯早早亮起来。
唱盘古的声音传出。

2002 年 10 月

阁　楼

太阳升起时，村子开始闪耀。
木屋板墙、窗框和柱子洗得发白。
竹渠里泉水的反光在梯田旁时隐时现。
以及同样明亮的事物：
灌木丛、紫色和红色的穗状花束、黑石板、
弧形田埂，全都置身于黎明巨大而稠密的阴凉气息里。
在它们之上，红木门关着，
梯子挨墙爬上几平米大的阁楼。坐着时，
人字形的屋顶就挨着脸。
整整三天，我在那里爱着我最初的姑娘。
三个黎明，楼板一点点亮起来，
黄影子屈身爬上横梁，绕到我们脚边。
屋外，金头莺在露水间鸣叫，山椒鸟飞着，
松尾般的身躯穿过棕榈树。如果我们抬起身，
还可以看见鼓胀的棕苞裂开了，露出鲜黄的细沙般的棕籽。
香味扩散、涌动，珍珠般闪亮。
正是这些注定要消亡的光芒，
不只在那时，让我感受到生命中最纯净的快乐。

2002 年 10 月

相 亲

她正从楼梯下来——竹制的手抬梯子
靠在横梁边摇摇晃晃。她侧身，
一手扶墙，一手抓梯架。
先伸出左脚，试探着踩在圆溜溜的梯蹬子上
顿一顿，再伸出右脚。
她很谨慎。她要去面对一个陌生男人，
在一个陌生的高度。
下面，石头围起的猪圈深陷，潮湿，
白猪在角落里睡。绕过走廊堆放的柴禾
使光线昏暗，使她的毛衣更绿。
在最后一级台阶，她抬头，长发从脸庞滑下，
分披在双肩。她看到我了，笑一下——
圆形的明亮的光斑一闪，飘进邻居的屋子。

三天后，对面山头传来消息：
她喝了敌敌畏，
因为家里反对她与相中的男孩婚前去外地。

第一次，我感到死亡如此可怕。
在夜里，月亮照着山谷那面的缓坡。

蓝色阴影抱住一盏油灯，晃啊晃，
在它旁边，那个女孩孤零零躺在木架上。
大人们说，她得在那躺七天，
以散尽她的冤魂。

2002 年 11 月

黄　昏

对开的门靠着墙壁背面
阳光踩在门槛的豁口上，不小心
滑了下去。蝉翼般的阴影
大片大片在前厅里飞。

黑泥地，白粉笔画出不平整的方格子。
红布鞋在跳跃，叉开
落下。吧嗒、吧嗒。
煤油灯芯一点点伸长。

每天这时，红通通的火光照着舅妈。
她高大的影子在隔板上劈柴、折树枝
水在锅里沸腾，击打木锅盖
番薯丝的香味贴着天花板钻到门外。

火苗熄灭。她站在灶前
锅盖一揭，蒸汽扑进她怀里
她眯眼，吹气，端出白瓷碗。
总是面对面，在同一个地点，

小木凳，大木凳
铺着白糖的米饭和童年的眼睛。
小勺在碗里搅拌，搅拌
直到亮晶晶的甜渗进每一颗米粒。

2002 年 12 月

二十年前

哥哥站树上
摇锥栗，让密集的子弹
射我们。他要结婚了，
像一颗随时会从弹弓飞出去的
石子。我给姐姐端镜，
她那么美。她认为幸福是火钳夹成的卷发

对我说“别相信”。
妈妈则不，她说生活是积累的努力。
她把野百合从山谷挖回来，
种卧室里——对此，姨妈惊讶极了，
她不理解短暂的
光芒。而跟她来的表哥真帅，
他用割草刀削铅笔。
让火柴梗在手指间跳舞。
看呆了，我和姐姐。

那是最后一年。过完春节，
哥和嫂去了煤矿。姐带我去皮鞋厂。

表哥呢，说去省城做生意来着，
但从此失踪，杳无音信。

2010 年 10 月，2013 年改

惠　莲

她第一次听到那声音，是在菜市场，
她正拎着捆湖蟹的稻草，低头去看蟹肚壳
是尖的还是圆的。

第二次，在自己的五金店
给顾客量皮管，那声音突然来了——
像闪电穿过她脑海，然后消失。

那一瞬间，她呆立着，
听不到门口国道上的喧闹、
对面街喇叭叫卖声和电锯尖利的嘶鸣。

之后，她频频听到那声音，
从不同方向，在不同地点：楼梯口、
厨房、卫生间、街头、车上……

她越来越烦躁。有一次，切菜的时候，
突然把菜刀扔出去。
这动作来得太快了，仿佛是刀自己飞开的。

还有一次，她把家中所有花盆
搬到厨房打碎。把土和成泥，
很均匀、很细致地贴到厨房的四壁上。

为了抵抗这声音，她拼命忙活，
拼命吃东西，拼命花钱。她催儿子结婚，
给他买小镇里最好的房子。

她给上大学的女儿买死贵死贵的
羽绒服，买各类高级营养品。
她给自己充了一张最高额度的美容美发卡。

但在闲下来的间歇，那声音
还是跑来，越来越急切地要抓住她。
她开始感到恐慌，频频去寺庙，

虔诚地斋戒，打坐，
日夜诵经。她一笔一画学写字，抄经书。
后来不怎么顾店了，任架子空着。

有时住山上寺庙，
一两个星期不回家，除了诵经，
还帮忙作法事，翻地，种菜。

每次诵经，她都感到身体不断地
向山崖退去，云浪翻滚着从脚下生出来。

她想，就这样出家吧，挺好的。

然而，有天晚上，寺庙作法事，
来了好多人，又下起暴雨。
她突然感觉烦躁不安。

她穿上雨衣，拿了手电，
冲进黑沉沉的山道。刚修的盘山公路
被雨浇成泥浆。她不停摔跤，

几乎是爬滚着下了山。
到家时已是深夜。她坐在二楼和三楼之间的
拐弯处。闭眼、光脚，

浑身淌泥水。她坐了很久，
然后听到大门被打开，
她的心剧跳起来，身子紧紧绷直。

她等到他了——她丈夫，五年来，
一直和另一个女人住一起。
为什么她预感到他今晚肯定会回来？

他上楼，惊讶地看着她，问了几句话，
见她没反应，就小心地跨过
她的脚，走向自己的房间。

她颤抖着，听到那声音在脑子里
大声叫喊、催促。
心里好像有一只利爪在抓挠。

她猛地站起来，冲上去，
从后面，揪住丈夫的领子。
他把她拖进房间，想让她镇定下来。

但她一次次扑过去
疯狂抓他脖子、脸、眼睛，
双手痉挛而有力，好像要把他撕碎了。

她不哭，不叫。他也是。
两个人无声地扭打在一起，
像默片里某个激烈场面。

然后，他突然一扭身，把她掀翻在地，
膝盖压在她胸口，
双手紧紧地掐住她脖子。

她感到越来越重的压迫。
她听到，那声音越来越大声地欢呼起来，
满足地大笑起来。这愿望是它的，

而它来自她的心。她明白这一切。
她流着泪，向丈夫使劲地伸手、伸手，

手指弯曲，颤抖着，扭动着。

他放开她的身体时，
她的指尖发黑，她的头歪向一边。
他靠到墙上，喘气，发呆。

几分钟后，他冲下楼，
到店里找绳子。一根都没了。
他又冲上楼，撕窗帘，抽出里面的坠绳。

他背着她爬到六层顶的阁楼，
挂下坠绳，把她吊在木头横梁上。
然后，像崴了脚似的，一拐一拐地

走下楼梯。他出门，走进大街，
慢慢地走进晨雾笼罩的
逐渐喧闹起来的小镇深处。

2013 年 5 月

除夕夜

有一年除夕，我回村子。
那时，人已走空，
只剩下两对老夫妇。
一对聋哑，无生养。
一对失独，是孤老。
他们安静地过年，
既不宰杀家禽，
也不放炮。
六点钟，天渐渐黑了。
村子和群山也一起消融在
广漠的寂静里。

我没点灯，推开自家二楼窗户，
趴窗台上给城里的朋友们
发短信。没多久，
手机荧光一闪，关机了。
我站在全然的黑暗中，
感到黑色像浓稠的液体倒下来。
有一会，我觉得窒息，
喘不上气。我闭眼，

调整呼吸。不知过了多久，
我的身体开始变得轻飘飘的，
就像屠格涅夫小说里
描写的那样——
一点一点，
融化在黑暗里，
和木房、森林、群山
消融在寂静的深处：
那里，我与黑暗无区别，
万物与我，与黑暗也无区别。
整个世界乌黑、纯粹、坚实，
接近绝对的寂灭。

后来，我觉得自己是站着
睡了一觉。

我醒来时，听到窸窸窣窣的声音，
睁开眼，发现右边山坡有火光。
一个瘦小的身影蹲在那，
不时往火堆里放冥币。
他离我有两三百米，但亮光让我
觉得他就在身旁，还能看见
他脸上跳动的影子。
他不停念叨，
声音低而快，
像一阵疾风削过石缝。

每到喊他儿子的名字，
就会慢下来，往上高高扬起，
最后深情地落在“啊”这个音上。
名字后面的各段，
听不清，只能感觉语调各不同。
似有诉说、责备、怜爱，
有一会，我觉得
他在哽咽，但很快又变了。
那火焰在跳，颤动，
火中似有生命在呼应，显现。
要尽情地大声喊叫，
但黑暗像重力抑制了它。
火堆只照亮边上一小块空间——
老人、他脚旁的两块石头、
对面的灌木丛边缘。
再外面就是黑暗——更黑、更硬的黑暗
像一片山崖，老人和火堆
仿佛置身原始的崖洞里。

2012 年 2 月

柳　氏

1

那是一个光照不到的山坳，
两边的高山像巨木劈成的棺材板，
侧立着，上方略微朝外翘起。
坡上层层番薯地
向下旋转，停于陡峭处。
接着是茂密的杂树林，
冲向谷底。最低处，森凉的气息
蒸腾着，厚厚的
落叶、朽木和潮湿的草木根茎
发出腐味。石头爬满苔藓和根，
像被抓的野兽。东边，
一条溪涧飞跃而下，穿过油松林边，
杂树丛，毛竹林，到谷底的
小石房西角，却被那里的
岩石挡住，拐个弯，向南流去。
小石房外壁覆满青苔。
前面，一个十来平方的院子
也长满湿滑的青苔，只有中间

黑石板甬道保持光洁。而这一切，
都笼罩在梦幻的昏暗里。
柳氏坐房前竹椅上。
脑后梳花白髻，斜襟蓝布衣
打满补丁。她垂头、闭眼。
似倾听，又似打瞌睡。
周围，一座座暗影摇晃、扑打，
从角落，纷纷向她伸出手来。
而她坐着，无晨昏与昼夜，
无百年与瞬间。被赶到小石屋后，
她便与时间无关。与天空无关。
与生死和哀乐无关。
她坐着，在山谷里，
成石头、鬼魅，成时而喧哗、时而沉寂的
不死的阴影。没亲人、朋友，
没一个族人哪怕靠近
最西边的菜园。她也不得
走上坡去，望村子——
目光也是有罪的。孩子们若看见她的
远影，就大喊：“柳氏来啦！”
四处奔逃，如遇妖孽。
她是难产、夭折、自尽、歉收、
断梁、旱涝、鸡瘟的根源，是一切天灾人祸。
她住过的草房，碰过的农具、家什、
动植物，甚而空气，都是灾难。
村子愁眉不展，直到有人

发现这废弃的石房：一座发霉的坟。
苔藓、藤蔓、枯枝败叶
编成更大的坟把它埋在底下，
但看上去仍是完美的——
足够容下她的小身躯，灾厄和
黑暗的恐怖的嚣响。
那日，天蒙蒙亮，柳氏挑起锄头、
锅碗和被褥，走进丛林。
她想消逝，尽快地，
在讥讽、厌恶和仇恨汇成洪流之前，
在刚走路的孩子也学会向她扔石子之前，
在有人把农药放到她门槛之前。
她让自己消隐于
阴暗与迷雾，在人世之外，
改造自己的小屋。她清理石屋内的
巢和尸骨，屋顶的杂物。
起小灶和桌子，在石房子边
垦出番薯地和菜园。
四周种桃和李，橘子和枇杷。
有天中午，她挖屋后泥沟，
挖到石壁旁的小喷泉
汩汩地涌进双手。她跪下去，
脸埋进泉水，双肩耸着，颤抖着。
四周静极了，只有风来回绕。
很久，她趴在泥中，拥抱泉水——
它纯净、透明，充满冰凉的甜味。

2

在潮而暗的谷底，柳氏度过
她的后半生。大部分时间，
她坐着，伸开双手，
让皮肤像吸收阳光一样
吸收低处的阴影。
有时，她感觉苔藓从老树干、石头、地面
爬上她的身体，牢牢抓住她。
而周围一切飘忽而晦暗：
树冠、竹林与溪流声，时而升腾，
时而跌落。每天，它们
在同一种颤抖中开合。
这浑然的幽暗世界接纳她，
像接纳一片菜叶，枯枝，
被吹落的笋壳。
她坐着，一动不动，听坚果在壳中，
小鼓般敲响。听风揉新芽，
露珠涌向突至的鸟趾，
当蛇抬起身，空气发出
咝咝声响，所有事物敛神屏息，
连寂静也蹲下来，
闭上眼睛，收拢翅膀。
偶尔，鸟鸣燃起火光，
照亮周围的事物，

但很快，又进入更深的黑暗。
唯一坚定的是黑暗。
有时候，黑暗纷纷向她
靠拢。有时候，
黑暗在黑暗中没忍住，
攀上悬崖，招来狂烈风暴。
在风暴或台风中，她更安静地坐着。
有些年，台风接二连三袭来，
扫过山谷，直接冲向高山，
狂风、暴雨、泥石流，在上方轰响。
外面，溪水狂野，阴影肿胀。
而小屋，凭着两边山脊的保护，
保持安定。柳氏坐屋里，
享受着风暴声不间断的折磨。
直到某刻，她突然发现，
雨停了，世界在幽蓝的寂静里。
她站起身，它们跟着起身：
桃树窜屋顶，母鸡上树杈，
长毛兔跳歪了竹笼子，猫、鹅跟她身后
在暗影里飞一般走。
她去菜园摘菜，树林拉断枝，
溪边洗衣服。动物们用脚
或叫声跟着她。但她始终沉默。
不跟动物们絮叨，也不自言自语。
她像山谷里最黑的洞，吞噬了山川树林
的哀乐之音。而夜里，躺床上，

她迷糊着，半睡半醒，
孩子们和丈夫围到床边。
她跟他们说话，争吵：
一会疼爱地呢喃，像微风拂过竹梢，
一会大声叫喊，甚至恶毒地咒骂。
她丈夫性情暴烈，被洪水卷走前，
总吵架。而孩子们爱她，依恋她，
又接二连三离开她。
共四个，都是夭折，
老大、老四胎死腹中，
小儿子，掉进粪坑。女儿，
山里放牛，被毒蛇咬去。
丈夫连受打击，四处挑事殴架。
不久，去镇里卖柴，过石墩时，
被水卷走。此后，
人们认定柳氏为克星，极力唾弃。
有次，村里娶亲，柳氏去看热闹。
一个月后，新媳妇上吊自杀，
人们说柳氏不仅克亲人，
还克族人。某个冬天开始，
柳氏一整夜说话，或哭或笑，
情景骇人。声音大时，
把整村人吵醒。村里做了几次道场，
不管用。人们的恐惧逐渐地
变成仇恨。一年后，
有人发现这座石房子，

柳氏和村里人才获得了解脱：
从此，每晚上，她可以自由地
和孩子们相聚、说话。
凌晨，亲人们离去，她缓缓醒来。
她躺床上，听最初的一阵鸟啼，
像婴儿身上细密的汗，从远处山谷
缓缓渗出。接着，啼声
由远及近，四处呼应着、滚动着，
像颤抖的丝绸，充满凉意。
之后，乳白色的寂静
涌向窗口，像石灰，一层层，
进来，进来，
加强了石壁的硬度。

3

许多年后的一天，几个放牛娃发现了
一块黑布，就挂在属于
柳氏家的茶树坡上。
村里人猜测柳氏快要死了，
或早已死了。她终是希望能有人
给她收尸，不被野兽侵犯。
几个好心的婆婆带了火把去看。
她们走到石房子，发现四周的东西
都井井有条。菜园里还有些
白菜，院子边上的山茶花

正开着。唯一奇怪的是
兔子在外面跑，西墙根一堆
干番薯丝任家禽扒食。
屋里灶膛是冷的。柳氏躺床上，
还有一口气，但不能
进食和说话了。婆婆们陪着她，
捻着佛珠，给她念经。
第三天，她忽然清醒了些，
想要说话。她发出的声音像
孩子在练习吹哨，尖细
不连贯，一会说自己谷底的生活，
一会是小时候的事。
断断续续地，说了一天。
她说有个秘密，一直埋心里，
死前一定要说出来，因为那是
她遭受一切不幸的根源。
她六岁那年，雨水少，
阳光总明晃晃照着。
他们村，一长排茅草屋，
蹲在很高的山上。人们穷得总是
吃不饱饭。春末，妈妈坐月子，
姐姐带着她干所有家务活。
有天午饭后，她坐在门廊剥早上
折回来的小青笋。听到妈妈叫她，
就走进房间。妈妈的床，被又重又厚的
青色麻蚊帐围着。一只手

拿块布，伸到蚊帐外，
妈妈说，去，给你小妹的脸遮上，
免得晒坏了。她接过来，
很厚的一块白麻布，小妹正睡在窗前
竹篮里，生下来三天，
一直在睡觉。那么小，
像一只猫，头发稀稀的，
粘头上。但阳光下的小脸粉粉的，
猪豚身上的那种粉，
眼皮的淡青，像水边苍苔的
颜色。她看了一会，
把布轻轻盖到
小妹脸上，然后走出来
继续剥小笋。傍晚，
爸爸干活回来，过一会，又抱着
一个布包，扛锄头走出门。
姐姐说，小妹死了，爸爸要把她
埋地里去。为什么会死？
那块布把她闷死了。
晚上，她坐在门槛上看黑夜里
那块地，谁叫也不肯回屋。
那之后，她总是梦到那张粉色小脸，
梦里，小妹长大了些，
会大声笑，说话，
两人逗着玩，有次她问小妹，
你孤单吗？你害怕吗？

等我长大了要生
很多很多小孩陪你玩。
等她长大了，她知道这一切
不是她的错。那块布是妈妈们
抛弃孩子最常用的手法。
尽管如此，她仍自责，悲伤。
但她没想到，小时候梦中
无意的承诺竟变成
可怕的现实。或许没什么事情是
无意的，她感到自己那么
爱那孩子，愿意为她做任何事。
是爱使一切发生。
她一直抱着她，不放弃她。
她是她的孩子之一。晚上，
她和其他孩子一起来，
她们从没分开。
“现在，我要每时每刻
跟她们一起了。”
柳氏对婆婆们说：“我知道自己的命。”
说完就咽了气。对她的叙述，
捻佛珠的婆婆们深信不疑，
而村里其他人认为这是编的，
是疯女人的胡言乱语。
不管怎样，他们还是把她
葬在家人身边。但由于鲜有祭扫，
村子败落，想必早被
荒草杂林掩埋，不知其所了。

附录：译诗选*

1

爱人在她身上焚烧，留下骨灰，
触碰这骨灰带来的狂喜
让她的大腿浸于甜蜜。

因这，禁欲的修女无休止地
诋毁她的身体。

2

当明亮、久久拍手的钟声
在有守卫的房子里回荡，
衣饰华美的女人们像

* 这些诗来自印度泰米尔语、俗语和梵语，从文学传统上看，属于古典时期的作品。这三种语言的文学在古典时期又有各自的文学史时段，前后相距一千多年：泰米尔语文学大约是在公元前 5 世纪到公元 2 世纪；梵语文学是从 1 世纪到 12 世纪；俗语是相对于梵语而言的中古印度雅利安语群，在哈拉国王统治时期，也就是公元 2 世纪，抒情诗进入兴盛的阶段。这些印度古典爱情诗选译自英译本《绵长圣洁之夜：印度古典时期爱情诗》，作者玛莎·安·赛碧（*Grow Long, Blessed Night: Love Poems from Classical India*. Martha Ann Selby），2002 年，牛津大学出版社。

好兆头站在一边，
像伟大的游吟诗人凝视着苍天下的
英雄，那里沙滩开阔，
茅草叶沙沙响。

　　当儿子沉睡，新生的味道，
　　保姆躺软沙发，衣带飘香。
　　当可爱妻子合上湿漉漉的嘴唇，
　　她身子轻柔，用新鲜的白芥末籽油
　　洗过澡，浑身散发潮湿的美，

那男人从这水流狂野的小镇
回家去
像沉沉黑夜里的
贼

那男孩就是这样出生的，
他承袭了
他高贵祖父的名字。

3

她仅是个孩子，
　　而我是胆小的那一个。
她是女人，
　　而我是懦弱者。

她有高耸、浑圆的乳房，
　　而我是负荷它的那一个。
沉重的唇是她的，
　　而我不能让它嚅动。

这太不可思议了：
由于那么多
裂缝相互交叠，
我变得如此
愚笨

4

盼我匍匐在地，
　　她小心地用裙边
　　覆盖她双脚。

她假装藏起
　　将绽开的微笑，
　　并不再看我。

当我跟她说话
　　她就和她朋友聊天
　　转换话题。

这苗条的女孩不断上升的怒气

都能振奋我，
更不用说她深深的爱意。

5

爱消逝
当他不在身边，
消逝
当他总在身边，
消逝
因无根据的谣言，
消逝
它自行消逝。

6

幸运的男人，
这是真的，她贞洁
且有美的身体。

这也是真的：我一无是处。

但告诉我：
难道所有
不像她的女人
都得去死吗？

7

即使敏锐的男人
能给我优雅
而熟练的性，
我也不会在他们面前栽跟头。

　　因为做爱
　　要美好而充满情意
　　不管在哪，不管用什么方式。

8

看，
　　一只静止不动的、安静的鹤
　　在莲叶上方闪耀，
　　像一只海螺壳躺在
　　完美无瑕的翡翠绿的盘子上。

9

将体重
聪明地支撑在
自己的翅膀上，

蜜蜂
吮花蕾
当茉莉在夜里绽放。

打开它，
为它的汁液疯狂。

10

看，诗人，
像某物
拥有真实之美：

当崭新的白月光
在夜中伸展，
一个英雄叹息，
一只熟睡大象的叹息，
他躺在花丛中
矮腿的简易床上。
他充满爱意地抱着儿子，
而儿子的母亲，
抱着他的背。

11

都是你的错，小伙子。

那个不幸的人没完没了地
坐在门槛上，
仅一天时间
已经像迎宾花环一样
枯萎了。

12

她把她无尽的泪赠亲人，
把她的焦灼送父母，
把她的痛苦全部给仆人，
把她的癫狂抵押给同伴们。

她的叹息已耗尽她
今天或明天
她就能享受最高的自由。

所以，平静下来：
她已经投递出所有
她分批生产的悲痛。

13

等你回来的时间里，
她播撒

目光的莲花，
使之覆满街道。

她的乳房靠在门框上
像一双吉利的罐。

14

你怎么能够描绘她呢？

当你的目光陷于
她身上的不管哪一部分

都会像病牛
陷于淤泥，

无法逃脱。

15

即使在这个翻卷着的世界里
美妙地
存在着成千上万
绚丽的女人，

也根本没什么

能够与她的右半边相媲美，
除了她的左半边。

16

圆月
不能相称
你的脸，
所以上帝一次次
毁它，
就像为了
其他的什么目的
创造它。

17

他是山大王。
那里群峰高耸，
顶峰上，
大片竹林挺立，摇曳，
劈开过往的云——
它们在连绵群山的斜坡上
和金色的各种各样的花一起延伸。
一个个瀑布飞落，
像蓝宝石的河。

18

那男人来自河附近，
那里管状的芦苇，像空心竹。
翅膀强健的蜜蜂用六只小脚把它们的卵
下到成百上千的睡莲花瓣中。
芦苇把这些卵挤得粉碎。

一想到这个男人，漂亮的、闪光的镯子
就从我的手腕脱落。

19

母亲，待一会并听我说：
当她攀上我们花园中密集的
涂满果汁的石头，
站在那，久久凝视
山顶上鲜花覆盖的他的土地，
身上闪光的蓝宝石一动不动。
　　我们发现这治好了她的顽疾。

20

好吧，我是坏女人。
离远点，忠诚的妻子，

你的名字或许没被玷污。

但至少我们没有
去勾引理发师，
像我们认识的某些人的妻子那样。

21

看，

红宝石和翡翠混合着
从天空落下来。
像一串断开的项链
从天神的脖子掉下来。

一行鹦鹉。

22

我的女孩。
　　干什么，大人？
抛开你的愤怒，骄傲的人儿。
　　我怎么就愤怒了？
这让我很累。
　　你没有冒犯过我。
　　所有的冒犯都是我的。

那你为什么哭得那么伤心？

　　我在谁面前哭了？

在我面前。

　　那我是你的什么人？

你是我亲爱的。

　　不，不是。

　　这就是为什么我要哭。

23

你用嚓嚓响的珍珠链子
绑起你的胸。
叮当作响的饰带
围绕你致命的臀部。
还有叮叮当当的宝石镯子
戴在你双脚。
所以，傻瓜，
如果打算这个样子跑到你的爱人那里，
敲响所有这些小鼓，
那为什么
突然害怕了，
还上下左右，四处窥探？

24

起初，

我们合成一体。

然后
你不再爱，
而我还坚持这悲惨的钟情。

现在
你是主人
我们是妻子。

接下来呢？

这就是我从硬若宝石的生命里
摘到的果实。

25

我躺我的半边床，
把脸扭开，
我的心充满悲伤的火焰。

所以，你干吗还要用你灼热的叹息
烧我的背呢？

26

起先，乳房，仅仅在我胸上胀着，
　　紧贴你的才算完全成熟了。
我的闲聊彻底摆脱了幼稚
　　好像和你金丝银缕般的语言融合在一起。
我手臂的藤蔓放开我的柔脖子
　　并飞快地缠上你的。

　　坏蛋，现在我的大街
　　你不再来游荡了，
　　我该怎么办？

27

爱是灾难，
　　用分离虐待我们；
　　让我们的瘦身子更瘦。

这死神的伙伴
　　心无怜悯
　　擅长为我们倒计时。

主人，
　　你，也是，嫉妒的瘟疫的

患者。

所以想想：
女人们
豆芽般柔弱，
如何像这样活下去？

28

你的地方，大河环绕
有清冷、如云的水流入秋天。
在夏季，它闪耀明亮的
蓝宝石光辉——

而我的眼睛，主人，
只被黄色的影像装饰。

29

那男人来自
绵长汹涌的河岸。

那里有大群
红白小嘴的乌鸦
站在开满花的林子里
憎恨着冷

当浪吐出白沫
浇湿它们的背直至皮肤。

如果他离开我，
我的朋友，
除了我甜美的生命，
是否还有其他什么东西
我们会失去？

30

像给她儿子的救命毒
那婆婆，
没别的事可干，
除了看牢他的媳妇
那媳妇一看新云出岫
整个生命就跳到嗓子眼。

31

当太阳落下，
天上涌红光，
悲伤锐利，
光熄灭，
而茉莉花怒放，

只有糊涂虫会说这是夜。

当红冠公鸡在
小镇的长廊啼叫，
巨大的黑暗消隐，

黎明是夜。

对那些没了伴的人来说，
辽阔日光是夜。

32

他站起来，说，
“我走了”。
我听着，一点也不怕。

他一走远，
我就忘了他，
哪怕他一次次回来
站路上
坚如磐石。

　　又一次，
　　我要待在这房子里
　　那是他的损失。

我呼吸
平稳。
朋友们和我在一起。
我正享受生活。
那些眼泪
是装给别人看的。

33

现在没有他，
我忆起所有品尝过的快乐。

新云隆隆作响，
听上去像死刑执行者的鼓声。

34

即使他住在同一个镇，
他也不会来这。

即使他来了，
也不会给我热的拥抱。

他从右边走去
什么都不看一眼
好像我是陌生人

燃烧的土地。

摧毁了我的端庄，
爱已散尽美妙气味
并消失在远处，
像一支离弦之箭。

35

一个小个子男人
要用他的披巾
换公牛
在冬天的死寂里，
他看着那悲伤女孩的
乳房
好像它们是无烟的余烬。

36

停，你的诺言，亲爱的。
我受够
你无意义的闲扯了。
滚，滚开。
一点都
不是你的错
是命运

背向我。
如果你的爱
已收割
落入
这境地，
那么我该怎样疼痛
当我无用的生命
离开我，
这般脆弱？

37

自大狂，
帮主，
　　你深红色鸡冠
　　像马腊巴闪亮的百合花
　　在密集的花束中。

愿你痛苦，受折磨
并成为年轻野猫
储藏室里的吃食
她在午夜浓密的黑暗中
游荡，捉家鼠。

就是你
把我从甜而警觉的睡眠中

唤醒
当我和这男人躺在一起，
他也来自从狂野水流
敛财的小镇。

38

伴着涟涟泪水，
　　诅咒发誓，
　　跪倒，
　　密爱，

那些都是其他可怜虫禁止
　　她们呼吸的主人
　　去经历，

但我是贞洁的。
　　走吧。
　　祝好运，
　　有美好的一天
　　当你在黎明出发。

你离开后，亲爱的，
　　你会听到
　　不管我迈怎样的步子
　　都会合着我们爱的节拍。

39

我一只手
端闪金光的小锅
盛满甜奶，
白、美味，
掺了蜜。
我命令她吃，
当我举起带柔尖的
枝条抽她，
伤口随衣服旋转，
她东倒西歪跑远了，
金脚链里
清水般的珠子叮叮当当敲响。

那小调皮鬼
在青天下奔跑
这样，那些好心的老妈妈，
灰发稀少，
慢慢走出来，停在她们的路上。
正是在那里她学会了这知识，
这礼节？

当她丈夫家变穷，
她一次都不想起

父亲给过她丰富的稻米。
而且变得比漂亮黑沙里的
流水
更有适应性
当她能吃到东西的时候，
那么小的人
焕发如此大的力量。

40

你对女儿的爱怎样刺痛了你！

我们的宠儿，漂亮妞
穿过覆盖
两个村的森林，
让我们悲伤，
让我们空荡的心痛极了
我们的生命如此匮乏，它们就要离去，
携满怀悲苦和哀痛。

41

一个男人戴英雄的脚镣
保护她安全，当她
急匆匆穿过贫瘠干旱的土地
阴影收缩，死亡。

在一个干池塘边
她吮泥里蒸腾的水汽。

或许是在那她找到了力量，
这女孩，弱如豆芽
戴扭曲的细手链。
当我递给她
一个碗上面还盖一个闪金光的
里面盛拌奶的
美味、松软的米饭。
她甚至碰都不碰
说它太多了。

42

如果我一遍遍想
那两件事情或许就能讲得通：

那女孩，
甚至头发都没长到
能够打小髻
还要那个神一样强壮的青年保护着，

正是这同一个女孩
能穿过森林的野蛮之地
那里连猴子都没去过。

43

抛下我们，
黝黑、单纯的女儿穿越沙漠
和那个青年，他的长矛闪闪发亮。

让今天的冷雨，
浇到无边际的沙漠上
他们的小路在阳光不能射透的
树荫下翻越群山。

44

她在房子里。
她站一个个拐弯里。
她在我后面。
她在我前面。
她躺我床上。
她在路后面的路上。
对她的渴望使我虚弱。

哦，心，
对我来说
整个翻卷着的世界里
没有别的现实

除了她 她
她 她 她 她。

而哲学家们在谈论同一性。

45

芒果树站
庭院边。
她从上面摘了朵花。
嗡嗡响的雌蜂绕着它，
它们沉溺于稠密、流淌的花粉。

我想象：
这年轻女孩
只用上面一小片衣服
遮她的瘦身子，
升腾的叹息
让她的乳房摇动，
颤抖，
她抑制着
喉咙里的声音。
她在哭。

46

要是我称量这世界
它被抱在巨大海洋无尽头的
波浪里
和神的土地
那难以企及的壮丽中，

即使两者加起来
也不能和
我紧搂那女孩的时刻
相等，

　　她黑眶的眼睛像花朵，
　　皮肤像金子，
　　她私密的部分
　　有美妙的折痕，
　　我们相对的肩膀
　　触碰着。

47

她的乳房
　　在紧搂中
　　变矮

她身上毛发
　　在渴望中竖立
她壮丽的臀
　　上面的衣服
　　在这一刻的热里
　　熔化
用无力的语言
　　她催促我：
　　“不要，不要，
　　偷走我自尊的贼，
　　不要，对于我，
　　这一切足够了。”
然后我不知道——
　　她是睡着
　　还是死了？
　　她被我的心
　　吞没了？
　　她消融至
　　无有？

48

他说，
“我要走，我要走”，
我错以为这是
他之前所有那些

假出走
我说，“好，
离开我
永远滚蛋”。

哦，母亲，
扶持我们的主——
我想知道
现在他在哪？

我双乳之间
储满泪，
已成深深的池塘
一只黑腿白鹭
在那捕食。

49

当我的脸转向他，
　　我把它扭过来
　　看我的脚。

当耳朵嚷着
　　要听他说话
　　我喝止它。

当脸颊在甜蜜和害臊间
　　爆发战争，
　　我用手遮住它。

但是朋友们，
　　当我的紧身衣成千上万个接缝
　　纷纷爆裂的时候，

我该怎么办？

50

我送那恶人出去
当他穿上我最好朋友的衣服
回来，
我误会了
抱紧他；
告诉他一个秘密，
想和他相见。

他大笑起来，
说，“傻瓜，
这可是最难的事”。
然后粗野地
拥抱我。

那流氓
今天智取我，
当夜降临的时候。

51

当他爱上我，
走开但不到一步之遥
又回来
再次爱我，

我像丈夫远行的妻子，
在那一刻
他似乎被驱逐了。

后　记

我小时候特别爱玩抛石子的游戏。玩这个游戏，得准备很多磨得圆溜溜的石子。石子越光溜越好，抓在手里就不会伤着、硌着，就能把更多的石子从地上抓起来。忘了有多少个下午，我独自一人蹲在村外的树荫下，费劲地打磨着那些石子。先把大石头砸成许多小石块，再把小石块上不规则的尖角敲掉。最费时间的是在大石板上一点点磨平小石块上那无数个小棱角，直到它变成珠子样滚圆滚圆的，往上一扔，能嗖嗖地卷出一股风来。

我如此沉迷于这个活计，往往在树荫下蹲一整个下午，一动不动。有时候，甚至感觉不到起风了，下雨了；感觉不到从身边走过的人和牲畜；感觉不到饥渴和寒冷。有时候不免会想，如果没长大，如果村子没荒芜，我会不会一直这么敲下去？敲得那么专注，以至于其他一切都变得恍惚——白光下，村子消失，出现，又消失。直到天彻底黑下来，大人在村里一遍遍地喊，我才不得不跑回去。但吃饭的时候，睡着之前，心里还想着那些没磨完的石子，想着挖来贮存的地洞，想着明天一定要把洞装满了。但明天下雨呢，明天得去拔兔草，明天有蓬头坏仔往地洞里撒了一泡尿，全毁了。但不管发生什么情况，我还是想敲我的石子，在心里默默地磨着那些棱角，想象着它们最后变成的溜圆漂亮的模样，想着要是没有任何干扰，能够整天整天地磨石子，把地洞一个个都装满了，那该多美啊。

十几年后的一个春天，我在研究生宿舍的床上躺了两天两夜，几乎不吃不喝，完成了那首组诗《未被遍及的遗忘》。实际上，它一个字都还没有呈现出来，我只是在心里翻过来倒过去地把它们写完了，就像小时候在心里一遍遍地打磨那些石子的棱角。之后，我疲惫得近乎虚脱。当我顺着梯子从上铺下来时，心里的石子已经迫不及待地一个个跳到了桌子上，跳进它们早已排好的位置。那一刻我感觉幸福极了，我完成了小时候的一个梦想：持续的劳作，完全的沉浸，把热爱的东西按自己的方式做完满了。当然，现在回头看，这首诗是失败之作，但它让我第一次体会到诗歌与手工活、与游戏之间的关系。

然而，诗歌比儿时的游戏要求更激烈、更奢侈的消耗。

本科时代我有一搭没一搭地写诗，那时候的注意力不在诗歌上，而是四处游荡，过得又痛苦又飘忽。读研的时候，才突然醒来一样，想发奋地写写诗，但又不知道如何写，而且想写的东西实在太多了，童年啊，家乡啊，爱情啊，等等，全都涌过来，堵在一个出口上。我急切地想要写出它们全部。所以，那时候的作品，大都被这种青春期的激情毁掉了。在这个集子里留了那时候的几首小诗，这并不是对它们的肯定，而是对那个阶段的纪念。想给自己走过的路径留一些线索和痕迹。

工作之后，便无法享受对诗歌的沉浸，特别是结婚生子之后，一边是生病的老人，一边是嗷嗷待哺的孩子。有五六年时间，我彻底放弃了写诗，甚至都不太敢去触碰诗，怕让人癫狂的思念会奔涌而出，无法承受。我抑制它，逃避它。直到三年前重新做学生读博士，才又开始写诗，才开始试着协调诗歌与生活的关系。

尽管非常艰难，但还是断断续续写了一些。尽管模样还是不好看，但都努力地走在自己的道路上。当我编这个集子，把它们一个个拉出来审视一番时，我在这不好看的模样里，这笨拙的线条里，看到更多的是我对诗的思念。

有思念在它的体格里生长，再怎么难看，也不会长歪了吧。我这么想着时，出这本诗集的犹豫之心便去了一半。

沉浸或思念，这些都是诗歌带给我的享受。我对它心存感激，尽管它还远远没有说出我生活的全部。它只是我买菜路上踢到的一片落叶，或者在医院走廊听见的一声呻吟。我珍惜这些偶然的相遇，而尽量减少诗歌中的必然因素，这使得这些诗彼此之间眉目相异，缺乏归属。这不仅仅与生活的碎片与疲惫相关，还与降低速度和对自我的疏离有关。我更希望能倾听事物自身的声音。安静地倾听，再倾听，直到获得事物的信任。信任成就坦途，能让声音自由地往返。

有时候，与事物的交谈，就是与寂静的交谈。所以，必须停下来，慢下来，让确定之物回到不确定，让心灵一步步适应美的陌生性。我把这看做诗歌对自我的教育之一种。

这本薄薄的诗集（除去翻译的诗，也就一百页多一点，这也是我比较喜欢的诗集的厚度），我更愿意把它看成一个起点。它有诸多不成熟，每次看，都觉得有可改之处，觉得得赶紧把某首诗拿下来。但它歪歪扭扭的脚印有棘刺般的执拗劲，那就随它去吧，就像母亲看着任性的孩子执意跑向他的道路，也只能满怀喜悦与忧虑地看着他的背影。

这本诗集最终得以完成和出版，首先要感谢雷武铃老师。

如果说我的大学生活还有些许意义的话，那是因为有了雷老师的诗歌课。在这个课上，来自不同专业和年级、喜欢诗歌的同学们能够聚在一起，形成奇妙而亲密的诗歌氛围。王长才师兄和王志军师兄即使毕业之后，也还会经常回到学校里来。和我同届的有杨震、赵星垣、付林，比我低一届的有刘巨文、张国晨、李俊勇等同学，我们经常聚在一起谈诗聊天。数年之后，我们各奔东西，但大都坚持写作，互相激励。和他们的友谊是我生命中非常珍贵的部分。而这一切都源于雷老师的课程，是他让诗歌在我们面前焕发出非凡的美，温暖的力量。

每次上雷老师的课，我都像坐上了飞毯，越过难看的教学楼、灰蒙蒙的城区和华北平原，在白云和蓝天之上。那种飞升的恍惚感，那些在高空突然显现的美，总是久久地摇撼着我。这感觉肯定与我童年的某些经验相通，但又说不清楚。我那时候还没有写诗，只是感觉有扇门已经出现在那里，等在那里。我朝向它，又无路可走。所以，我的快乐里掺杂着懊恼和迷乱。课后，我总想远远离开众人，独自穿过林荫道、喧闹的体育场，到小花园深处，绕来绕去。我想一个人待一会，因为孤独能让那种感觉保持得更持久，纯粹和完整。说不清过了多长时间，我看着树梢、草地，慢慢地发现自己落在了草坡边缘。这个抛物线一样飞升又降落的过程，像一个启示，影响了我后来对诗歌的理解。

那时候感觉到的喜悦和困难既强烈地作用于我的身体，又非常抽象。当我真正开始写诗之后，来自诗歌内外的困难才清晰、具体起来。那时，我已经离开了雷武铃老师的课堂，但他仍给予我最切实的指导和鼓励。那时，他自己也处于诗歌写作的一个重要的转折点，并对诗歌有热切而深入的思考。他总是把思考所得毫无保留地给予我们这些学生，同时又能针对我们的作品做出具体的批评。这是个极其细碎而费力的工作，但雷老师总是保持一贯的热情和耐心。从他那里，我们每个同学，都得到过最丰厚的有关诗歌的馈赠。

此外，还要感谢这套诗集的编辑。虽然我们未曾谋面，但在一次次的通话里，能感觉到他们对诗歌的热忱和敦厚的个性。感谢他们对我的诸多困难的理解和耐心的鼓励。

这本小小的诗集，我还要献给我的父母、我的哥哥姐姐，我的每一位亲人。有你们持久的关爱和付出，我才能够写诗，才会有这本诗集的诞生。

2015 年 1 月

图书在版编目（CIP）数据

花台／谢笠知著.—南宁：广西人民出版社，2015.6
（大雅诗丛）
ISBN 978-7-219-09089-3

Ⅰ.①花… Ⅱ.①谢… Ⅲ.①诗集—中国—当代 Ⅳ.①I227

中国版本图书馆CIP数据核字（2014）第224907号

花　台
谢笠知／著

出 版 人　卢培钊
监　　制　白竹林
责任编辑　吴小龙　罗绍松
书籍设计　刘　凛（广大迅风艺术）
责任校对　钟丽丽

出版发行　广西人民出版社
社　　址　广西南宁市桂春路6号
邮　　编　530028
印　　刷　广西大华印刷有限公司
开　　本　880mm×1230mm　1/32
印　　张　5.25
字　　数　127千字
版　　次　2015年6月　第1版
印　　次　2015年6月　第1次印刷
书　　号　ISBN 978-7-219-09089-3/I·1786
定　　价　28.00元